KB146953

깨끗하게 더러워지지 않는다

이영광

깨끗하게 더러워지지 않는다

이영광

PIN

026

차례

PIN

026

깨끗하게 더러워지지 않는다

이영광

시

그의 것과 내 것

자연스런 의문이었어 염려 때문이었어
하지만 누군가의 허물을 입에 담은 건
잘못이었어 내가 파헤치고 추려낸 결함들은
내 것이 아니었어 그의 것이었어
내 것처럼 사용한 건 잘못이었어

자연스런 기쁨이었어 사심은 없었어
하지만 누군가의 영예를 즐거워한 건
실수였어 내가 욕망했던 행운은
내 것이었어 그의 것도 아닌 걸
그의 것처럼 사용했어 실수였어
실수였는데도 기뻤어

고인급

재작년 황현산 선생 영결식에서
차례로 추도 시 읽고서
밖에 나와 담배 피우다가
김정환 시인이 말했다
추도 시 이거, 너무 오래 해왔어
내가 이제 거의 고인급이야
장례에 꼭 필요한 게
웃음이란 걸,
웃음으로 보여주면서

분향하고 엎드려 절하고
영정 너머 오리무중을
뿌옇게 짚어보는 일의 외로움
상가의 불문율이지만,
고인들은 강하다

출퇴근도 대출금도 모른다
피눈물도 인정사정도 없다
죄와 벌이 없다
갑질을 모른다

희망과 도전이 없다
번식도 해탈도 없다 도무지
한잔 술을 모른다 그래서
꿈꾸게 된다 이 생의 모든
힘과 투지로, 부조금으로,
불현듯 영정 뒤에 가 누웠다
돌아오는 한 사람,
살 줄 모르는 살 줄 모르는
고인급 생존 인물을

10년

사람은 죽는다고 낮에 생각하고 사람은 죽지 않는다고 밤이면 생각했다 생각되었다

사람은 반드시 죽는다고 낮에 듣고 사람은 혹 안 죽을지도 모른다고 밤에 중얼거렸다 중얼거려졌다

정말 밤처럼 모를 때면 사람은 죽는다고들 한다, 죽는다고들 하라지…… 귀를 막고 썼다 귀먹었다

사람은 죽어도 쉽게는 사라지지 않는다거나 죽어 딴 곳엘 간다는 말에 혹해서 마음이 밝아올 때도 있었네, 그 밤이 가장 어두웠네

긴 밤이 다 갈 무렵엔 다시 맑은 백치가 되어서, 사람은 결코 죽지 않는다고, 첫 문장 첫 글자부터

지우고 고쳐 적었다 고쳐 적히었다

깨끗하게 더러워지지 않는다

　미움 없는 사람 보면 미움 난다 질투 난다 그 선함을 몽땅 빼앗아버리고 싶은 미움이 난다 선함으로 나를 온통 들끓게 하고 싶어진다 미움 없는 사람에겐 하나도 배울 게 없다 배울 힘이 없다 밉게 선해진다 선하게 미워지지 않는다 깨끗한 사람 보면 욕심 난다 달려들고 싶어진다 그 깨끗함을 몽땅 빼앗아 내 몸에 칠하고 싶어진다 깨끗함에 온통 더럽혀지고 싶다 깨끗한 사람에겐 배울 수가 없다 배우려고 애쓸 수가 없다 더럽게 깨끗해진다 깨끗하게 더러워지지 않는다

쾌락과 고통

나는 시종의 영혼을 괴롭히는 폭군
늙은 소를 주저앉히는 짐 더미
개구리를 뭉개고 가는 차바퀴
시체를 빨아먹는 검정파리 떼

나를 마음대로 하는 쾌락은 좋아라
턱 끝으로 이리저리 지시하는 쾌락은 좋아라
가지고 놀다 잊어버리는 쾌락은 좋아라

그러나 나는 폭군을 모시는 시종의 영혼
집채만 한 수레를 끄는 늙은 소의 등뼈
차바퀴에 깔려 죽는 개구리
시체의 즙액에 빠져 허우적대는 검정파리 떼

마음대로 되지 않는 고통은 좋아라

마음대로 될 것도 같은 고통은 좋아라
싸우고 놀다 잊어버리는 고통은 좋아라

고통을 모르는 쾌락의 고통은 더 좋아라
쾌락을 모르는 고통의 쾌락은 더 좋아라
살아가는 죽음들은 모두 좋아라

고복저수지

고복저수지 갔다
최강 한파가 보름 넘게 못물 꽝꽝 얼려놓았다
저수지 주변 매운탕집 메기들이 이곳 출신이 아
니라는
뻔한 사실 하나를 입증하기 위해서도
이렇게 광범위한 증거가 필요하다
광범위는 광범위보다 더 넓다 전부니까
그게 사실인데도 우리는 더 얘기했다
두 달 만이었고 화제는 또 별수 없이
정치여서, 이 추위 가고 날 풀리면 혹
메기수염 매단 메기들이 풍악처럼 물살에 밀리는
자연을 볼까, 자연산을 볼까, 킬킬거렸다

고복저수지 다시 갔다
최강 한파가 한 달 넘게 못물 꽝꽝 더 얼려놓았다

뻑뻑한 죽을 젓듯 떠다니거나 펄에 웅크려 겨울을 나는

메기들의 마른 유족들이 얼음장 아래 없다는

뻔한 소문 하나를 팔기 위해서도 이렇게,

광범위한 위증이 필요하다

광범위는 광범위보다 더 넓다 전부다

하지만 붉은 탕과 차가운 소주를 비우고 우리 일행은

횅한 전부를 보며 감탄한다 봄은 멀었군 빈틈이

없어, 조그맣고 조그만 전부를 손가락질하며

원경에서 거닐며 녹말 이쑤시개를 씹다 뱉으며

도마 위에서

—직유들 2

흙손으로 민 듯 빗물 자국 흔연한
비탈길 고운 진흙 도마 위에
개미 행렬이 지나고 있었다
참매미 허물을 일개미들이 끌고 가고 있었다
오래전 종암동 봉제 공장 옥탑에 살 때 본 그 공장,
동남아 청년들이 안아 나르던 솜 부대처럼
큰북처럼
안고 가고 있었다
개복수술 끝내고, 막 산고에서 벗어난 매미 허물은
마취도 덜 풀린 채
아이 등에 업힌 곰 인형같이 둥개둥개
몸 흔들었지만,
개미들은 텅 빈 월척을 떼메고 10열 종대쯤으로
촛불 시위대처럼 태극기 부대처럼 나아갔다
나는 처음엔 눈 나쁜 거인처럼 무연히

조금 뒤엔 스마트폰을 꺼내 찰칵찰칵,

그다음엔 나도 함께 찰칵칼칵,

산기슭 희고 고운 진흙 도마 위에서

도마 위에서

무병신음

아프지도 않은데 결석하고
조퇴도 하고 양호실에
누워 있기도 하던
40년, 45년 전의
안 아프던 네가 아프다
그 꾀병이 아프다

아프다고 법정에도 안 나가고
아프니까 집에 보내달라고 투정하는
전직 대통령들의 아픔이,
어딘가가 안 아픈 것 같은데
자꾸 앓는 소리 하는
그 건강이 아프다

정말 아픈 사람을 볼 때나

꾀병 아이는 물론

아픈데도 안 아픈

건강들을 볼 때나 버릇처럼

심장에 피가 나려 하는

네 아픔이 아프다

순환선

우리는 혈액형이 아니라
피가 같지 않느냐
사랑은
말한다

그는 다섯 시간째,
닷새째,
순환선에 태워져
돌고 있다

우리는 피가 아니라
혈액형이 같지 않느냐

우리는 피만 아니라

혈액형도 같지 않느냐

사랑의 불구

체면을 좋아해요
하지만 체면을 찾아다니지 않아요
그 벼랑에
매달리진 않아요

염치를 좋아해요
하지만 그 부서질 것 같은 것을
만나러 다니지 않아요
매달릴 수 있는 곳엔
매달리지 않아요

체면 불구를 찾아다녀요
염치 불구를 만나러 다녀요
나의 벼랑은 지금 막
부서졌어요

부서져 내린 벼랑이 바닥에서,
일으켜 세워놓아도 자꾸 벌레처럼
넘어지고 기어 다니는
바닥에서

그 불구를,
넘어지고 기어 다녀요

시체 중

사랑해도 죽지 않았다
술을 마셨다
30년 전에

지금은 물을 마신다,
30년 뒤의
30년 전에
하얀 알약도

30년은 아귀처럼
배고프다
사랑을 참는 사랑을
참는 사랑을
참는

사랑은 죽지를 않는다
그리움엔 피가 없지만
핏속에도 그리움은 없어요
누더기를 두르고

생수를 마시는
생수를 마시는
시체 연기 중
시체 중

괴롭다 괴롭다 해도
목숨이 제일 익숙합니다
죽지 않는 것이
제일 편합니다

병승이처럼

분당 납골 공원에서
병승이 사십구재 지내고
돌아와 병승이처럼 취해서
병승이가 그랬듯이
병승이한테
전화를 해본다
깊은 밤 그가 전화하면
나는 받고
깊은 밤 내가 전화해도
그는 안 받던 때처럼,
전원이 꺼져 있어
음성 사서함으로
연결합니다
이 친구 아직
이러는군

국어사전만 한 유품함 뒤편에

아이패드만 하던

유골함으로,

이 전화기 또

이러는군

실수
—시 창작 교실 1

가르치는 실수다
이 자리에 선 실수야
살 길은,
가르치지 않는 것

헛발질처럼 뒹굴고
게걸음처럼 옆으로,
똑바로 걷는 것이야
이 진심은 환상이고
이 환상은 진심이다

안 하고 안 하는 것,
안 배우는 것,
막히면 그냥 같이 한마디 하는 것이야
우리는 우리보다 더 잘

모르는구나

헛소리는 하느님 소리다
수십 년을 소리 질러 겨우 헛소리 하나를
시늉하게 된 내 귀에,
너는 헛발질도 게걸음도 참
잘하는구나

우주를 향해 컹,
짖는 네 목소리를 네가 듣고도
잊어버리는
지금,
공염불과 공회전과 공수래공수거의 진리 속에서
내일은 너의 것이다

돌도끼를 내던진 최후의 신석기인이며
돌에서 꺼낸 불로 방금 쇠와 연애한
최초의 청동기인으로서
지금,
너는 영원히,
내일의 것이다

내일의 것이므로
너무도 뜨겁게, 뜨거워봤자, 뜨거움밖에
오지 않더라도
파경과
분열과
쾌락의

병색을 하고서 미스터리를, 무한의 얼굴을

모르는 것이다
모르는 것을 정말 잘
모르는 것이다

교실이 사라지도록
세계만방이 무너지도록
실수나 계속하는 것이야
실수를 실수하지 않는 것이야

보퉁이
—시 창작 교실 2

칼날이 드러나도록 톱날 하나하나가 저마다 번
뜩이도록 그리라고 적으라고, 보자기에 대강 싸서
숨기지 말아라 그 안에 뭐가 들어 있는지 비쳐나도
록, 칼이 그은 듯 톱이 뚫은 듯 날카롭게 드러나도
록 쓰라고, 선생은 열을 내어 떠들다가

닷새 장 기우는 늦여름 정류장에 기댄 마른 아지
매, 때 절은 저고리 낡은 치마에 손등이 까맣게 그
을려서는, 무얼 먹어요? 누가 물으면 화들짝 놀라,
암껏도 아이시더, 입에 숨기며 보퉁이에 숨기며 그
을음처럼 웃는, 마흔 해 저편, 먼 어머니

편의점

누가 돈 빌려달라 그럴 때 순간적으로 뜨끔, 하는 가슴
당황은 돈이 별로 없어서이고
아마 돈에 애착이 없지는 않아서이고
빚도 있어서겠지
결국, 어려서부터 어렵게 돈을 빌려봐서인가?

세상에 힘든 것이 누군가에게 매 맞는 일이고
그다음이 남에게 돈 빌리는 일이라 믿어왔다
그 힘든 걸 누가, 그가 지금 나한테 하고 있는 것이어서

간당간당한 잔고를 생각하다 말다 생각하다 말다
에잇, 무엇에 대한 간당간당이란 말이냐
편의점에 간다

이 친구는 돈을 못 벌고 시를 쓰고
나는 돈을 잘 못 벌며 시를 쓴다 답답한 이놈이
진짜 같아서,
나보다 더 멋대로 진도를 나간 놈 같아서

이 친구도 누구에게 빚을 주었겠지
나는 또 누군가에게 빚을 얻어야겠지
돈이 뭔지도 모르면서 돈에 시달리다간 드디어
내 것이 아닌 것 같은 악착이?
유리에 베인 뙤약볕이 쿡쿡 눈을 찌르는
편의점 창가에서 어느새,
나는 빌려주지 않을 방도를 궁리하고 있다

빌려주지 않을 무슨 수가 없을까 하는 고민은
돌려받지 않겠다고 다짐할 때의 버릇,

생각하면 이미 늦다는 걸 알면서도
내 정성엔 벌써 이렇게 무수한 실금이 간다, 가
지만,
너무 늦지 않게, 그렇다고 너무 이르진 않게
카드를 꺼내
유리로 손목을 긋듯이 주욱

당황은 기껏 깨진 뙤약볕 같은 것이다
내일 따위는 생각도 말고 일단은
살자고, 문자를 하며,
정성의 실패는 정성일까
애정의 실패는 애정일까
나는 라면과 소주를 사 들고
햇반과 레종을 사 들고

눈사람

돈 별로 없는 내가
청년들과 한잔하고
지갑을 꺼낼 때는
눈 내리는 나에게 왠지
술값밖에 없을 때다
캐럴이 울려 퍼지는
난 돈이 한 개도 없어
술값은 많아
함박눈처럼
이봐, 난 돈을 꺼낸다
이 지갑은 심장에서
나온 거야 이건 내
심장이야 재벌의 심장
돈은 없어
눈도 삐뚤 코도 삐뚤

술값은 이렇게나 많아

하산

누가 상 받는다 하면 기분이 좋다가도
좋아야지, 좋고말고, 하며
은은한 허기가
은은한 연연이

옛날에 히딩크는 배가 고프다고 자꾸
으르렁거렸는데,
그건 토너먼트를 끝까지 이겨 올라 제패하려는
승부의 식욕
시에 그런 게 있나
호평을 적산처럼 모아 오르는
정상이란 게

막막하지 않아서 더욱 막막한
나의 예술 장님이

시에 업혀 오를

고도가 있나

정상이 공터라는 걸 산허리에서

허리가 꺾이듯 아는 것

산자락에서 아는 것

오를 데가 없어지는 것

시를 업고 내려와서는

산 아래 산채비빔밥집 석양에 등산화 벗고 앉아

승산이 없어지는 것

소주잔에 내려온 봉우리를 보며

연연을 문초하는 것

허기가 모자라고 모자라서

자꾸 배가 고픈 것

승부가 없어지는 것

하산 길이 더 멀다는 것
발아래 휘황한 불빛 어디에도 끝까지
패할 곳이 안 보이는 것
내려가고 내려가고 내려가도
다 내려가지 못하리라는 것

생은 장난

나도 몰래 불쑥 튀어나오던 말
모멸과 비참의 얼굴로 엎드려 빌게 만들고
회사를 때려치우게 하고
이혼장에 서명하게 하던 말
배 속에 넣고 있으면서도 한 번
만져본 적 없는 내장 같은,
그 말을 대체 무슨 생각으로 했을까를
생각하는 것만으로 평생이 다
갈 것 같던 말
생각 없이 뱉어져 생각들을
모조리 중지시키던 말
생각 없는 말 속에 숨은 생각의 악귀가
불러준 것 아닐까 싶던 말
엎질러진 물 같던 말
반드시 주워 담아야 하는

엎질러진 물 같던 말

날벼락에 맞아 불난 집의 잿더미에

혈혈단신으로

꽂혀 있게 하던 말,

몇 번이나 날 죽였던 그런

파괴와 끝장의 말을

기다리고 있다

또 죽어보려고

잿더미보다 더 쓸모없는 백지 앞에서

장난처럼

생이 장난이 된 사람처럼,

기다리고 있다 지금

생은 장난이다

장난이고말고

의심할 수 없는 결론들

집안에 나는 절대 가 닿지 못할 경지를 보여준 어른이 두 분 계시다 평생 명정酩酊 만 리들이셨다 한 분은 40년 전 어느 겨울, 아랫마을 주막에서 인사불성이 되어 돌아와 이틀을 앓고, 돌아가셨다 그분의 아드님인 다른 한 분은 14년 전 세상 뜨던 날 오전까지 빈집에서 오냐오냐 소주를 드셨다 곱기만 한 봄날에, 술상 앞에 쓰러져 잠든 채 발견된 것이다 어떻게 그럴 수 있었을까 그런 집안일 수 있을까 세상엔 대답을 알 수 없는 질문들이 있다 아니, 질문을 알 수 없는 대답들이 있다 즉, 의심할 수 없는 결론들이 있다 40년 전 그분은, 어린 내가 그날 저녁 리어카에 실어 와 우리 집 사랑에, 사랑하듯 눕혀드렸던 분이다

소나기

우리는 8차선 도로의 양쪽 신호등 아래
각각 서 있었다
우리 사이 8차선 도로를 꽉 막은 시간을 밀며
차들이 기어갔다

그때 후드득 비가 내렸다

그러자 우리는 포유류에서 척추동물로 그냥 동
물로
초록동색의 가로수들로
뿌옇게 닮아갔다

비가 더 세차게 내렸다

우리는 거의 동시에 가방을 머리에 얹고

비슷하게 허둥거리며

포유류에서 영장목으로 사람과로 미지의 사람

속으로

신속하고 또렷하게

닮아갔다

차갑고 심술궂은 이마의 소나기를 거미줄처럼

뜯어내며

같은 호모사피엔스 종이 되어

황인종이 되어

직장인의 감정으로 투덜거리며

각자 반대편으로 맹렬하게 달려갔다

우리는 전혀 알아보지 못하고

부딪치지도 넘어지지도 않고

서로 퉁겨내는 이상한 빗방울이 되어

조금도 슬프지 않은

눈물범벅이 되어

더 무력한 것

흰 털이 듬성듬성한 하문을 빨았다
기름진 옆구리까지
내 하초에도 흰 털들이
무언가에 젖어 있고
의혹처럼
대답처럼
아랫배가 흘러내렸다
엉키고
미끄러졌다
이 늙은 무언가는
도대체 무언가인가
격렬한 것 뒤에 왜
더 격렬한 것이,
무력한 것 뒤에 왜
더 무력한 것이 있을까

괴력의 무력이

역려에 살고

핏속에 돈다

사랑인가 눈물인가

밤 깊은 부두에서

바람인가 물결인가

축축한 이것은

정액인가

콧물인가

살

소라 껍질
굴 껍질
달팽이 껍질 들이
꿈속에서 뒤쫓아 왔다
나는 소라, 굴, 달팽이보다
더 느렸다
단단한 껍질이 되고 싶었는데
먹음직스러운
살뿐이었다

나는 내가 먹은 것
나는 껍질들의 먹을 것
기는 것들보다,
가만히 있는 것들보다 더 느린 것
내가 봐도 먹음직스런

살뿐인 것

채송화

우는 채송화는 질겨
뿌리째 뽑아 빨랫줄에 널어두자
울음 내장 내장 울음,
열흘 만에 내려놔도
웃으며 살아난다

채송화는 지금 당신 옛날 집
여남은 평 마당 둘레 볕이며 그늘에
진을 치고 있네
붉은 눈을 켜고,
흉년의 동물들보다 더 바쁘게
뛰어다니고 있네

빨랫줄은 도화선처럼 공중을 지나가요
채송화는 구멍마다 불을 뿜지요

당신은 불을 *끄다* 지르고요

불붙고요

PIN

026

명정酩酊 수첩

이영광
에세이

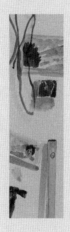

명정酩酊 수첩

.

*

내가 제일 좋아하는 건 시와 여기 없는 여자이
고, 제일 못하는 건 계속하는 거다. 그런데도 나는
아직 술을 마신다. 술은 내 기호품이다.

*

6천 원짜리 백반을 먹다가 소주 한 병을 시켰다.

퇴근길에 찍은 찔레꽃 사진을 페이스북에 올리며 반병만 마셨다. 밤에 읽어야 할 책이 있어서. 만 원을 내고 잔돈을 기다렸다. 주인도 가만히 서서 무언가를 기다렸다. 5초쯤 지나고서야 깨달았다. 소주 값 4천 원!

소주 반병의 어김없는 효과였다. 아니, 내가 술을 먹는 변함없는 이유였다.

*

두 병은 많고 한 병은 적다.
이게 옳은 산수지만,
한 병은 많고 두 병은 적다.
이게 술꾼의 산수지.
마실수록 모자라고 목말라가는 취기의 신비.
산수가 수학이 되는
몽롱하고 추상적인 상태,
모르지?
사이다 마시는 사람들과 마시면 불끈

한 병 더 마시게 되는 기분,

모르지?

*

산문 원고를 쓰는 데 도움이 좀 될까 싶어서 아까부터 어떤 책을 취한 채로 읽고 있다. 문제의식은 흐릿하고 논리는 성글고 억측은 심하고 상상력은 제멋대로여서, 이게 학술서인가 판타지인가 계속 헷갈리게 만드는 책이다. 내용을 잘 이해할 수가 없어서 온갖 고생을 하며, 화를 내며 읽는 중이다. 6년 전에 내 손으로 썼던 책이다.

*

'초딩' 때부터 자취생활을 해서 공부에도 책 읽기에도 버릇을 잘 들이지 못했다. 형제들도 공부완 거리가 멀었다. 고1 때 우연히 시에 접한 후로는 또 술을 가까이 해서, 10대 후반엔 이미 음주벽이 생겼다. 20대에는 시병과 술병이 함부로 더 깊어져서 문학을 하는지 주도를 닦는지 모를 지경이었다.

끈질긴 독서엔 늘 자신이 없었는데 마흔이 다 되어 술을 줄이고 힉위논문을 쓰면서 처음으로, 내 두뇌에 일부 조직적인 데가 있다는 걸 어렴풋이 깨달았다. 논문을 쓰고 나서 결심했다. 두뇌의 바로 그 부위를 봉인하자고. 의식을 무너뜨리고 논리를 가라앉히는 데 내 형편엔 또 술만 한 것이 없었으므로 술에 의지해 읽고 썼다.

취해서 읽은 내용들은 파편이 되어 계통도 체계도 없이 뇌 속을 떠돈다. 그것들은 테마, 맥락, 논리의 그물을 잃고 잠수했다 부상했다를 되풀이한다. 떠오른 내용들은 애초의 자리를 벗어난 말이 되어서, 의식의 몽롱한 몰입 상태와 엉키고 섞이다가 속기하는 손끝에 점멸하듯 전달된다. 그런 식으로 한 10여 년 창작이란 걸 해보았다.

요즘은 취하면 만사가 귀찮다. 맹구처럼 딴생각만 한다. 이유는 하나인 것 같다. 술을 흡입하는 신체가 시를 쓰는 신체로 바뀌지 않는다. 즉, 몸이 안

받쳐주는 거다. 그러니 의식은 그저 무너질 뿐 어떤 각성 상태로 가질 못한다. 술을 빌려 뭘 써보려다가 거듭 실패한 후에 위로 삼아 중얼거려본다. 그 모든 취한 말들이 다 '구라'였어. 그냥 맨정신으로 정신을 잃어보아.

*

종일 읽고 쓰고 고쳤다. 열심히 일했다. 이날을 핑계로 대충 취해 버르적거리는 거냐고, 누가 비웃을까봐.

밤 열 시, 첫 잔을 따라놓는다. 이제부터 마실 거다. 오늘이 어떤 날인데 맨정신으로 마감할 거냐고, 모두가 나무랄 것 같아서.

많이 마실 것 같다. 그해 4월부터 11월까지처럼 많이 마실 수 있을 것 같다. 그러나…… 제주祭酒는 과음하는 게 아니지. 잠들 만큼만.

*

　겨우내 별로 말을 않고 살았더니, 혀가 삐끗거리는 느낌이다. 아니나 다를까 개강 첫날부터 버벅거렸다. 모르겠다 잘 안 된다, 이런 신세타령을 하다가, 내가 시 쓰기를 알면 집에서 열심히 쓰고 있지 학교 나와 수업 하고 있겠느냐고, 학생들이 물어보지도 않는데 반교육적 언사를 했다. 학생들은 무심코 넘어가준 듯한데, 살짝 찔려서 개강 핑계 대곤 좀 과음을 했다. 다음엔 또 무슨 헛소리를 할까 싶어 불안하다. 다행히 내일은 '시의 이해' 시간이다. 아니, '시의 오해' 시간.

*

　평생 글을 쓰고 싶어 하는 한 학생에게 술자리에서 책을 선물하며 이렇게 적어주었다.

　"내일의 시인 ○○○에게.

내일은 너의 것이다."

적고 보니 어딘가 이치에 맞지 않은 듯해서 한마디를 덧붙였다.

"너는 내일의 것이고……."

*

'나는 지구에 돈 벌러 오지 않았다'. 몇 해 전에 낸 산문집 제목이다. 나는 불법체류자다. 그런데 체류가 너무 길어져서 지구의 규칙을 따라 돈을 벌게 됐다. 날 외계에서 여기 데려온 자들이 긴 세월 다시 데리러 오지 않는다. 술도 떨어져가는데, 브로커 놈들! 자수, 망명, 귀화 끝에 돈 벌러 지구에 온 이들을 대상으로 아르바이트를 한다. 그래서 합법체류자가 됐다.

우주를 안마당처럼 누비고 다니는 외계 인력 브로커들에게 속아 날 덥석 받아버렸던, 웬 시골 할머

니가 방금 전에 전화를 했다. 미역국은 먹었느냐고, 오늘 네 생일이라고. 생일 지나기 두 시간 전에, 낮엔 네가 잘까봐 인제 전화한다, 이런 건망증을 선물처럼 투척하신다.

술병이 비어가는 지금, 오늘은 제 생일이라기보다는 당신이, 신기하고 놀라운 감언이설을 별빛처럼 뿌리고 다니던 외계 하느님 놈들에게 덜컥 속은 날이죠. 돈 벌어라 돈 벌어라 노래하는 어머니, 추석에 만나요. 합법적으로, 밤하늘의 은행이란 은행은 죄다 털어서 당신의 텅 빈 지구에, 보름달을 사들고 내려가지요.

*

시인의 투병생활을 곁에서 오래 돌봐온 다른 시인이 말했다. "'북미정상회담도 봐야 하고 투표도 해야지' 했으면서, 이게 뭐야. 기운 내야지. 이렇게 말했는데, 너무 갑작스럽게 바로 전날에……." 이런 내용으로.

회담도 선거도 그녀에게 마지막까지 중요했을 것이다. 하지만 그녀 개인의 회담이 있었을 것이다. 그녀는 저쪽 세상의 사자나 왕과, 이승 저승 간 정 상회담 같은 걸 열심히 진행 중이었으리라. 북미정 상회담 이상으로 그녀의 회담이 중했다고 믿는다.

그녀의 한 표가 왜 소중하지 않겠나. 하지만 저 승도 여기처럼 엉망이라면 그녀는 그곳에서 한 표 를 행사하고 있을 것이다. 이곳의 투표권만큼 그곳 의 투표권도 중하리라 믿는다. 더 깨끗하고 더 공정 한 저승, 덜 아프고 더 즐겁고 더 고요해서 영혼이 살아갈 만한 세상을 만들기 위해, 그녀가 분투하리 란 걸 믿는다.

나는? 일정을 깨고 자갈치시장에 가서 혼자 소주 를 많이 마셨다. 깨어보니 길바닥이었다. 상가의 내려 진 셔터에 기대어 중얼거렸다. "인간은 죽지 않는다."

*

어제는 선생님 문병차 상경하였다. 많이 편찮으

셔서, 조금씩이나마 최대한 회복하시길 빌었다. 시인이자 소설가인 L과, 나중엔 시인인 A와 늦게까지 마셨다. 나으라고 빌며 마시는 것도 기도 아닌가.

ㄱ 존재만으로 주위를 안둔하게 하는 이들이 잔되고 덜 아프기를 바라게 된다. 알고 보면 거기서 거기인 인간들 중에 나보다 더 사람 같은 이들이, 날 때부터 다 그랬던 것만은 아니다. 인간의 미망과 고난과 더 힘껏 싸웠기에 그렇게 된 것.

인간이라는 병과 오래 씨름한 이들은 몸과 마음이 깨끗해 보인다. 어제의 선생님과 술벗들이 다 그래 보였다. 부처는 먼 데 있지 않다. 고통 앞에서 얼어붙는 자, 모두 천근만근의 부처다.

*

술을 먹으면서도 말수가 적은 사람은 궁금하다. 덜 말하는 사람의 몇 마디 말은 몸을 간질이는 손가락들처럼 머릿속을 꼬물거리며 조바심을 불러일으킨다. 그의 다음 말이, 그다음 말들이 기대를 일변

채우고 일변 배반하면서 궁금증을 해소해주다가는, 다른 궁금증을 발생시키는 것이다. 이야기에든 논변에든 귀 기울이게 된다.

과묵이 회피를 일삼을 때는 참기 어렵다. 말로 바꾸기 어려운 어떤 걸 말하려고 무진 애를 쓰다가는 진실의 거역할 수 없는 힘에 눌려 떠듬떠듬 몇 마디를 내놓는 사람과 달리, 그는 진실이 지뢰밭이나 된다는 듯 요리조리 피하는 자의 간교한 두뇌로 말더듬이를 흉내 낸다. 그의 말은 보이지 않는 진실의 공격으로 인해 시작부터 얼룩덜룩하고 너덜너덜하다.

말이란 많을 수도 적을 수도 있는 것이다. 술을 먹고도 말 없는 이들은 아예 참을 수가 없다. 침묵은 죽음의 것이지 않겠는가. 말이 불가능하거나 말이 불필요한 사람의 상태는 막막한 호기심을 불러일으킨다. 다른 걸 겪고 다른 세상을 보지 않고서는 그럴 수가 없는 것이다. 호기심이 커지면 귀를 만지작거리게 된다. 참아내는 귀, 침묵을 들을 수 있는 귀가 필요해지는 것이다.

제가 헛것임을 모르는 인간이 어디 있겠나.
하지만 술 한 병만 들어가보라.
헛것임에 대한 온갖 생생한 잊음과
놀랍도록 역력한 흐리멍덩함이 찾아와
진짜가 된 것처럼 환호하게 하지 않나.
오, 이건 정말 흐리멍덩한데!
하지만 해 아래 깨어나 그는 다시
확신의 오리무중에 빠지지.
난 헛것이었어, 하며
확신을 내려놓을 줄 모르지.
그냥 헛것을 잊어버리지.

세밑에 실수로 쇠붙이에 엄지손가락을 베여 세
마늘 꿰냈나. 그 이름도 이상야릇한 조치원 '방지거
외과'에서. 내 술친구들은 하나같이, 괜찮아 마셔,

마셔, 말했다. 마셨다.

게다가 연초엔 또 평생 동반자인 "죽음의 미美한 얼굴"(정지용)이 별안간 한 열흘 찾아와 괴롭히는 통에 무작정 마셔댔다. 어제 병원 갔더니 한 주 전에는 실밥을 뽑아야 했다나.

의사는 화를 냈다. 염증으로 피부조직이 좀 상한 듯한데, 그는 그걸 '썩었다'고 표현했다. 제 손가락도 아닌데 그만큼 흥분하는 걸 보니 어딘가 제대로 된 의사인 듯했다. 고맙고 미안했다.

상한 건 내 손가락이다. 실밥을 뽑고 보니, 엄지손가락이 엄지발가락 같아졌다. 별로 '미하지'는 않다. 내 몸은 그래도 아직은 좀 깨끗한 편이다.

다들 웃겠지만 '손이 발이 되도록 (쓰자)'가 내 좌우명이다. 당연히 실천해본 적 없고. 이제 발가락에 방불해진 손가락을 보고 있자니 이상야릇한 성취감에 실실거리게 된다. 한평생 사이비를 면치 못할 것이다.

*

잠깐 졸음 속을
다녀가는 아버지.
그쪽에 문제가 있습니까
이쪽에 문제가 있습니까
물어볼 겨를도 없이.

물로 입을 씻고,
옛날에 그가 그랬듯 다시
소주병을 딴다.
생각에 잠기게 된다.
고개를 숙이게 된다.
먼 것을,
느끼게 된다.

아버지.
아버지였던 아비지.
아버지였던 것 같은 아버지.

*

유력의 골짜기들을 어렴풋이 안다. 돈, 명예, 권위, 권력은 물론 온갖 물질성을 놓고 벌이는 각축의 장들. 이것들엔 피가 흐른다, 헛된 피가, 강물처럼. 깊은 밤 먹자골목의 음식물 쓰레기봉투에서 새어 나오는 국물 같은.

어떤 무력의 골짜기에 사슬에 묶이듯 묶여 있다. 가스 같고 구름 같고 빈 자루 같고 거품 같은, 아무것도 아닌 것과의 투쟁. 아무것도 아닌 것과 싸우지 않는다면 대체 무엇과 싸운단 말인가. 이 싸움에는 한 방울의 피도 안 난다. 그러나 모든 것이 걸려 있다.

오늘 밤 나는 내가 술 먹고 게워놓은 나 같구나.

*

내가 제일 좋아하는 건 시와 여기 없는 여자이고, 제일 잘하는 건 그만두는 거다. 그런데도 술은 아직 나를 마셔준다. 나는 술의 기호품이다.

깨끗하게 더러워지지 않는다

지은이 이영광
펴낸이 김영정

초판 1쇄 펴낸날 2020년 3월 30일

펴낸곳 (주)현대문학
등록번호 제1-452호
주소 06532 서울시 서초구 신반포로 321(잠원동, 미래엔)
전화 02-2017-0280
팩스 02-516-5433
홈페이지 www.hdmh.co.kr

ⓒ 2020, 이영광

ISBN 978-89-7275-158-8 04810
      978-89-7275-156-4 (세트)

* 책값은 뒤표지에 있습니다.
* 이 도서의 국립중앙도서관 출판예정도서목록(CIP)은 서지정보유통지
  원시스템 홈페이지(http://seoji.nl.go.kr)와 국가자료종합목록 구축시스
  템(http://kolis-net.nl.go.kr)에서 이용하실 수 있습니다.
  (CIP제어번호: CIP2020009186)

〈현대문학 핀 시리즈〉는 당대 한국 문학의 가장 현대적이면서도 첨예한 작가들을 선정, 월간 『현대문학』 지면에 선보이고 이것을 다시 단행본 발간으로 이어가는 프로젝트이다. 여기에 선보이는 단행본들은 개별 작품임과 동시에 여섯 명이 '한 시리즈'로 큐레이션된 것이다. 현대문학은 이 시리즈의 진지함이 '핀'이라는 단어의 섬세한 경쾌함과 아이러니하게 결합되기를 바란다.